Vittorio Alfieri

Mirra

Vergognando talor che ancor si taccia,
    donna, per me l'almo tuo nome in fronte
    di queste ormai giá troppe, e a te ben conte
    tragedie, ond'io di folle avrommi taccia;
or vo' qual d'esse meno a te dispiaccia
    di te fregiar: benché di tutte il fonte
    tu sola fossi; e il viver mio non conte,
    se non dal dí che al viver tuo si allaccia.
Della figlia di Ciniro infelice
    l'orrendo a un tempo ed innocente amore,
    sempre da' tuoi begli occhi il pianto elíce:
prova emmi questa, che al mio dubbio core
    tacitamente imperíosa dice;
    ch'io di Mirra consacri a te il dolore.

                          Vittorio Alfieri

PERSONAGGI

CINIRO;
CECRI;
MIRRA;
PERÉO;
EURICLÉA;
Coro;
Sacerdoti;
Popolo.

Scena, la reggia in Cipro

ATTO PRIMO

SCENA PRIMA

CECRI, EURICLÉA.

CECRI
Vieni, o fida Euricléa: sorge ora appena
l'alba; e sí tosto a me venir non suole
il mio consorte. Or, della figlia nostra
misera tanto, a me narrar puoi tutto.
Giá l'afflitto tuo volto, e i mal repressi
tuoi sospiri, mi annunziano...

EURICLÉA
                                        Oh regina!...
Mirra infelice, strascina una vita
peggio assai d'ogni morte. Al re non oso
pinger suo stato orribile: mal puote
un padre intender di donzella il pianto;
tu madre, il puoi. Quindi a te vengo; e prego,
che udir mi vogli.

CECRI
                            È ver, ch'io da gran tempo

di sua rara beltá languire il fiore
veggo: una muta, una ostinata ed alta
malinconia mortale appanna in lei
quel sí vivido sguardo: e, piangesse ella!...
Ma, innanzi a me, tacita stassi; e sempre
pregno ha di pianto, e asciutto sempre ha il ciglio.
E invan l'abbraccio; e le chieggo, e richieggo,
invano ognor, che il suo dolor mi sveli:
niega ella il duol; mentre di giorno in giorno
io dal dolor strugger la veggio.

EURICLÉA
                                        A voi

ella è di sangue figlia; a me, d'amore;
ch'io, ben sai, l'educava: ed io men vivo
in lei soltanto; e il quarto lustro è quasi
a mezzo giá, che al seno mio la stringo
ogni dí fra mie braccia... Ed or, fia vero,
che a me, cui tutti i suoi pensier solea,
tutti affidar fin da bambina, or chiusa
a me pure si mostri? E s'io le parlo
del suo dolore, anco a me il niega, e insiste,
e contra me si adira... Ma pur, meco
spesso, malgrado suo, prorompe in pianto.

CECRI
Tanta mestizia, in quel cor giovenile,
io da prima credea, che figlia fosse
del dubbio, in cui su la vicina scelta

d'uno sposo ella stavasi. I piú prodi
d'Asia e di Grecia principi possenti,
a gara tutti concorreano in Cipro,
di sua bellezza al grido: e appien per noi
donna di se quanto alla scelta ell'era.
Turbamento non lieve in giovin petto
dovean recare i varj, e ignoti, e tanti
affetti. In questo, ella il valor laudava;
dolci modi, in quello: era di regno
maggiore l'un; con maestá beltade
era nell'altro somma: e qual piaceva
piú agli occhi suoi, forse temea che al padre
piacesse meno. Io, come madre e donna,
so qual battaglia in cor tenero e nuovo
di donzelletta timida destarsi
per tal dubbio dovea. Ma, poiché tolta
ogni contesa ebbe Peréo, di Epíro
l'erede; a cui, per nobiltá, possanza,
valor, beltade, giovinezza, e senno,
nullo omai si agguagliava; allor che l'alta
scelta di Mirra a noi pur tanto piacque;
quando in se stessa compiacersen ella
lieta dovea; piú forte in lei tempesta
sorger vediamo, e piú mortale angoscia
la travaglia ogni dí?... Squarciar mi sento
a brani a brani a una tal vista il core.

EURICLÉA

Deh, scelto pur non avesse ella mai!
Dal giorno in poi, sempre il suo mal piú crebbe:
e questa notte, ch'ultima precede
l'alte sue nozze, (oh cielo!) a lei la estrema
temei non fosse di sua vita. – Io stava
tacitamente immobil nel mio letto,
che dal suo non è lungi; e, intenta sempre
ai moti suoi, pur di dormir fea vista:
ma, mesi e mesi son, da ch'io la veggo
in tal martír, che dal mio fianco antico
fugge ogni posa. Io del benigno Sonno,
infra me tacitissima, l'aíta
per la figlia invocava: ei piú non stende
da molte e molte notti l'ali placide
sovr'essa. – I suoi sospiri eran da prima
sepolti quasi; eran pochi; eran rotti:
poi (non udendomi ella) in sí feroce
piena crescean, che al fin, contro sua voglia,
in pianto dirottissimo, in singhiozzi
si cangiavano, ed anco in alte strida.
Fra il lagrimar, fuor del suo labro usciva
una parola sola: «Morte... morte;»
e in tronchi accenti spesso la ripete.
Io balzo in piedi; a lei corro, affannosa:

ella, appena mi vede, a mezzo taglia
ogni sospiro, ogni parola e pianto;
e, in sua regal fierezza ricomposta,
meco addirata quasi, in salda voce
mi dice: «A che ne vieni? or via, che vuoi?...»
Io non potea risponderle; io piangeva,
e l'abbracciava, e ripiangeva... Al fine
riebbi pur lena, e parole. Oh, come
io la pregai, la scongiurai, di dirmi
il suo martír, che rattenuto in petto,
me pur con essa uccideria!... Tu madre,
con piú tenero e vivo amor parlarle
non potevi, per certo. – Ella il sa bene
s'io l'amo; ed anche, al mio parlar, di nuovo
gli occhi al pianto schiudeva, e mi abbracciava,
e con amor mi rispondea. Ma, ferma
sempre in negar, dicea; ch'ogni donzella,
per le vicine nozze, alquanto è oppressa
di passeggera doglia; e a me il comando
di tacervelo dava. Ma il suo male
sí radicato è addentro, egli è tant'oltre,
ch'io tremante a te corro; e te scongiuro
di far sospender le sue nozze: a morte
va la donzella, accertati. – Sei madre;
nulla piú dico.

         ... Ah!... pel gran pianto,... appena...

CECRI

parlar poss'io. – Che mai, ch'esser può mai?...
Nella sua etade giovanil, non altro
martíre ha loco, che d'amor martíre.
Ma, s'ella accesa è di Peréo, da lei
spontanea scelto, onde il lamento, or ch'ella
per ottenerlo sta? se in sen racchiude
altra fiamma, perché scegliea fra tanti
ella stessa Peréo?

EURICLÉA

         ... D'amor non nasce
il disperato dolor suo; tel giuro.
Da me sempr'era custodita; e il core
a passíon nessuna aprir potea,
ch'io nol vedessi. E a me lo avria pur detto;
a me, cui tiene (è ver) negli anni madre,
ma in amore, sorella. Il volto, e gli atti,
e i suoi sospiri, e il suo silenzio, ah! tutto
mel dice assai, ch'ella Peréo non ama.
Tranquilla almen, se non allegra, ella era
pria d'aver scelto: e il sai, quanto indugiasse
a scegliere. Ma pur, null'uomo al certo
pria di Peréo le piacque: è ver, che parve
ella il chiedesse, perché elegger uno
era, o il credea, dovere. Ella non l'ama;
a me ciò pare: eppur, qual altro amarne

7

a paragon del gran Peréo potrebbe?
D'alto cor la conosco; in petto fiamma,
ch'alta non fosse, entrare a lei non puote.
Ciò ben poss'io giurar: l'uom ch'ella amasse,
di regio sangue ei fora; altro non fora.
Or, qual ve n'ebbe qui, ch'ella a sua posta
far non potesse di sua man felice?
D'amor non è dunque il suo male. Amore,
benché di pianto e di sospir si pasca,
pur lascia ei sempre un non so che di speme,
che in fondo al cor traluce; ma di speme
raggio nessuno a lei si affaccia: è piaga
insanabil la sua; pur troppo!... Ah! morte,
ch'ella ognor chiama, a me deh pria venisse!
Almen cosí, struggersi a lento fuoco
non la vedrei!...

CECRI

    Tu mi disperi... Ah! queste

nozze non vo', se a noi pur toglier ponno
l'unica figlia... Or va; presso lei torna;
e non le dir, che favellato m'abbi.
Colá verrò, tosto che asciutto il ciglio
io m'abbia, e in calma ricomposto il volto.

EURICLÉA

Deh! tosto vieni. Io torno a lei; mi tarda
di rivederla. Oh ciel! chi sa, se mentre
io cosí a lungo teco favellava
chi sa, se nel feroce impeto stesso
di dolor non ricadde? Oh! qual pietade
mi fai tu pur, misera madre!... Io volo;
deh! non tardare; or, quanto indugi meno,
piú ben farai...

CECRI

    Se l'indugiar mi costi,
pensar tu il puoi: ma in tanto insolit'ora,
né appellarla vogl'io, né a lei venirne,
né turbata mostrarmele. Non vuolsi
in essa incuter né timor, né doglia:
tanto è pieghevol, timida, e modesta,
che nessun mezzo è mai benigno troppo,
con quella nobil indole. Su, vanne;
e posa in me, come in te sola io poso.

SCENA SECONDA

Cecri.

Ma, che mai fia? giá l'anno or volge quasi,
ch'io con lei mi consumo; e neppur traccia
della cagion del suo dolor ritrovo! –
Di nostra sorte i Numi invidi forse,

torre or ci von sí rara figlia, a entrambi
i genitor solo conforto e speme?
Era pur meglio il non darcela, o Numi.
Venere, o tu, sublime Dea di questa
a te devota isola sacra, a sdegno
la sua troppa beltá forse ti muove?
Forse quindi al par d'essa in fero stato
me pur riduci? Ah! la mia troppa e stolta
di madre amante baldanzosa gioja,
tu vuoi ch'io sconti in lagrime di sangue...

SCENA TERZA

CINIRO, CECRI.

CINIRO   Non pianger donna. Udito in breve ho il tutto;
Eurictéa di svelarmelo costrinsi
Ah! mille volte pria morir vorrei,
che all'adorata nostra unica figlia
far forza io mai. Chi pur creduto avrebbe,
che trarla a tal dovessero le nozze
chieste da lei? Ma, rompansi. La vita
nulla mi cal, nulla il mio regno, e nulla
la gloria mia pur anco, ov'io non vegga
felice appien la nostra unica prole.

CECRI   Eppur, volubil mai Mirra non era.
Vedemmo in lei preceder gli anni il senno;
saggia ogni brama sua; costante, intensa
nel prevenir le brame nostre ognora.
Ben ella il sa, se di sua nobil scelta
noi ci estimiam beati: ella non puote
quindi, no mai, pentirsene.

CINIRO   Ma pure,
s'ella in cor sen pentisse? – Odila, o donna:
tutti or di madre i molli affetti adopra
con lei; fa ch'ella al fine il cor ti schiuda,
sin che n'è tempo. Io t'apro il mio frattanto;
e dico, e giuro, che il pensier mio primo
è la mia figlia. È ver, che amico farmi
d'Epíro il re mi giova: e il giovinetto
Peréo suo figlio, alla futura spene
d'alto reame, un altro pregio aggiunge,
agli occhi miei maggiore. Indole umana,
e cuor, non men che nobile, pietoso
ei mostra. Acceso, in oltre, assai lo veggio
di Mirra. – A far felice la mia figlia,
scer non potrei piú degno sposo io mai;
certo egli è di sue nozze; in lui, nel padre,
giusto saria lo sdegno, ove la data

9

fe si rompesse; e a noi terribil anco
esser può l'ira loro: ecco ragioni
molte, e possenti, d'ogni prence agli occhi;
ma nulle ai miei. Padre, mi fea natura;
il caso, re. Ciò che ragion di stato
chiaman gli altri miei pari, e a cui son usi
pospor l'affetto natural, non fia
nel mio paterno seno mai bastante
contra un solo sospiro della figlia.
Di sua sola letizia esser poss'io,
non altrimenti, lieto. Or va; gliel narra;
e dille in un, che a me spiacer non tema,
nel discoprirmi il vero: altro non tema,
che di far noi con se stessa infelici.
Frattanto udir vo' da Peréo, con arte,
se riamato egli s'estima; e il voglio
ir preparando a ciò che a me non meno
dorria, che a lui. Ma pur, se il vuole il fato,
breve omai resta ad arretrarci l'ora.

CECRI
Ben parli: io volo a lei. – Nel dolor nostro,
gran sollievo mi arreca il veder, ch'uno
voler concorde, e un amor solo, è in noi.

ATTO SECONDO

SCENA PRIMA

CINIRO, PERÉO.

PERÉO
Eccomi a' cenni tuoi. Lontana molto,
spero, o re, non è l'ora, in cui chiamarti
padre amato potrò...

CINIRO
Peréo, m'ascolta. –
Se te stesso conosci, assai convinto
esser tu dei, quanta e qual gioja arrechi
a un padre amante d'unica sua figlia
genero averti. Infra i rivali illustri,
che gareggiavan teco, ove uno sposo
voluto avessi a Mirra io stesso scerre,
senza pur dubitar, te scelto avria.
Quindi, eletto da lei, se caro io t'abbia
doppiamente, tu il pensa. Eri tu il primo
di tutti in tutto, a senno altrui; ma al mio,
piú che pel sangue e pel paterno regno,
primo eri, e il sei, per le ben altre doti
tue veramente, onde maggior saresti
d'ogni re sempre, anco privato...

PERÉO
Ah! padre...
(giá d'appellarti di un tal nome io godo)
padre, il piú grande, anzi il mio pregio solo,
è di piacerti. I detti tuoi mi attento
troncar; perdona: ma mie laudi tante,
pria di mertarle, udir non posso. Al core
degno sprone sarammi il parlar tuo,
per farmi io quale or tu mi credi, o brami.
Sposo a Mirra, e tuo genero, d'ogni alto
senso dovizia aver degg'io: ne accetto
da te l'augurio.

CINIRO
Ah! qual tu sei, favelli. –
E perché tal tu sei, quasi a mio figlio
io parlarti ardirò. – Di vera fiamma
ardi, il veggo, per Mirra; e oltraggio grave
ti farei, dubitandone. Ma,... dimmi;...
se indiscreto il mio chieder non è troppo,...
sei parimente riamato?

PERÉO
... Io nulla
celar ti debbo. – Ah! riamarmi, forse
Mirra il vorrebbe, e par nol possa. In petto
giá n'ebbi io speme; e ancor lo spero; o almeno,
io men lusingo. Inesplicabil cosa,

certo, è il contegno, in ch'ella a me si mostra.
Ciniro, tu, benché sii padre, ancora
vivi ne' tuoi verdi anni, e amor rimembri:
or sappi, ch'ella a me sempre tremante
viene, ed a stento a me si accosta; in volto
d'alto pallor si pinge; de' begli occhi
dono a me mai non fa; dubbj, interrotti,
e pochi accenti in mortal gelo involti
muove; nel suolo le pupille, sempre
di pianto pregne, affigge; in doglia orrenda
sepolta è l'alma; illanguidito il fiore
di sua beltá divina: – ecco il suo stato.
Pur, di nozze ella parla; ed or diresti,
ch'ella stessa le brama, or che le abborre
piú assai che morte; or ne assegna ella il giorno,
or lo allontana. S'io ragion le chieggo
di sua tristezza, il labro suo la niega;
ma di dolor pieno, e di morte, il viso
disperata la mostra. Ella mi accerta,
e rinnuova ogni dí, che sposo vuolmi;
ch'ella m'ami, nol dice; alto, sublime,
finger non sa il suo core. Udirne il vero
io bramo e temo a un tempo: io 'l pianto affreno;
ardo, mi struggo, e dir non l'oso. Or voglio
di sua mal data fede io stesso sciorla;
or vo' morir, che perder non la posso;
né, senza averne il core, io possederla
vorrei... Me lasso!... ah! non so ben s'io viva,
o muoja omai. – Cosí, racchiusi entrambi,
e di dolor, benché diverso, uguale
ripieni l'alma, al dí fatal siam giunti,
che irrevocabil oggi ella pur volle
all'imenéo prefiggere... Deh! fossi
vittima almen di dolor tanto io solo!

CINIRO
Pietá mi fai, quanto la figlia... Il tuo
franco e caldo parlare un'alma svela
umana ed alta: io ti credea ben tale;
quindi men franco non mi udrai parlarti. –
Per la mia figlia io tremo. Il duol d'amante
divido io teco; ah! prence, il duol di padre
meco dividi tu. S'ella infelice
per mia cagion mai fosse!... È ver, che scelto
ella t'ha sola; è ver, che niun l'astringe...
Ma, se pur onta, o timor di donzella...
se Mirra, in somma, a torto or si pentisse?...

PERÉO
Non piú; t'intendo. Ad amator, qual sono,
appresentar puoi tu l'amato oggetto
infelice per lui? ch'io me pur stimi
cagion, benché innocente, de' suoi danni,
e ch'io non muoja di dolore? – Ah! Mirra

di me, del mio destino, omai sentenza
piena pronunzi: e s'or Peréo le incresce,
senza temenza il dica: io non pentito
sarò perciò di amarla. Oh! lieta almeno
del mio pianger foss'ella!... A me fia dolce
anco il morir, pur ch'ella sia felice.

CINIRO

Peréo, chi udirti senza pianger puote?...
Cor, né il piú fido, né in piú fiamma acceso
del tuo, non v'ha. Deh! come a me l'apristi,
cosí il dischiudi anco alla figlia: udirti,
e non ti aprire anch'ella il cor, son certo,
che nol potrá. Non la cred'io pentita;
(chi il fora, conoscendoti?) ma trarle
potrai dal petto la cagion tu forse
del nascosto suo male. – Ecco, ella viene;
ch'io appellarla giá fea. Con lei lasciarti
voglio; ritegno al favellar d'amanti
fia sempre un padre. Or, prence, appien le svela
l'alto tuo cor che ad ogni cor fa forza.

SCENA SECONDA

MIRRA, PERÉO.

MIRRA

Ei con Peréo mi lascia?... Oh rio cimento!
Vieppiú il cor mi si squarcia...

PERÉO

              È sorto, o Mirra,
quel giorno al fin, quel che per sempre appieno
far mi dovria felice, ove tu il fossi.
Di nuzíal corona ornata il crine,
lieto ammanto pomposo, è ver, ti veggo:
ma il tuo volto, e i tuoi sguardi, e i passi, e ogni atto,
mestizia è in te. Chi della propria vita
t'ama piú assai, non può mirarti, o Mirra,
a nodo indissolubile venirne
in tale aspetto. È questa l'ora, è questa,
che a te non lice piú ingannar te stessa,
né altrui. Del tuo martír (qual ch'ella sia)
o la cagion dei dirmi, o almen dei dirmi,
che in me non hai fidanza niuna; e ch'io
mal rispondo a tua scelta, e che pentita
tu in cor ne sei. Non io di ciò terrommi
offeso, no; ben di mortal cordoglio
pieno ne andrò. Ma, che ti cale in somma
il disperato duol d'uom che niente ami,
e poco estimi? A me rileva or troppo
il non farti infelice. – Ardita, e franca
parlami, dunque. – Ma, tu immobil taci?...
Disdegno e morte il tuo silenzio spira...

Chiara è risposta il tuo tacer: mi abborri;
e dir non l'osi... Or, la tua fe riprendi
dunque: dagli occhi tuoi per sempre a tormi
tosto mi appresto, poiché oggetto io sono
d'orror per te... Ma, s'io pur dianzi l'era,
come mertai tua scelta? e s'io il divenni
dopo, deh! dimmi; in che ti spiacqui?

MIRRA
                                        ... Oh prence!...
L'amor tuo troppo il mio dolor ti pinge
fero piú assai, ch'egli non è. L'accesa
tua fantasia ti spigne oltre ai confini
del vero. Io taccio al tuo parlar novello;
qual maraviglia? inaspettate cose
odo, e non grate; e, dirò piú, non vere:
che risponder poss'io? – Questo alle nozze
è il convenuto giorno; io presta vengo
a compierle; e di me dubita intanto
il da me scelto sposo? È ver, ch'io forse
lieta non son, quanto il dovria chi raro
sposo ottiene, qual sei: ma, spesse volte
la mestizia è natura; e mal potrebbe
darne ragion chi in se l'acchiude: e spesso
quell'ostinato interrogar d'altrui,
senza chiarirne il fonte, in noi l'addoppia.

PERÉO
T'incresco; il veggo a espressi segni. Amarmi,
io sapea che nol puoi; lusinga stolta
nell'infermo mio core entrata m'era,
che tu almen non mi odiassi: in tempo ancora,
per la tua pace e per la mia, mi avveggio
ch'io m'ingannava. – In me non sta (pur troppo!)
il far che tu non m'odj: ma in me solo
sta, che tu non mi spregj. Omai disciolta,
libera sei d'ogni promessa fede.
Contro tua voglia invan l'attieni: astretta,
non dai parenti, e men da me; da falsa
vergogna, il sei. Per non incorrer taccia
di volubil, tu stessa, a te nemica,
vittima farti del tuo error vorresti:
e ch'io lo soffra, speri? Ah! no. – Ch'io t'amo,
e ch'io forse mertavati, tel debbo
provare or, ricusandoti...

MIRRA
                                        Tu godi
di vieppiú disperarmi... Ah! come lieta
poss'io parer, se l'amor tuo non veggo
mai di me pago, mai? Cagion poss'io
assegnar di un dolor, che in me supposto
è in gran parte? e che pur, se in parte è vero,
origin forse altra non ha, che il nuovo
stato a cui mi avvicino; e il dover tormi
dai genitori amati; e il dirmi: «Ah! forse,

non li vedrai mai piú;...» l'andarne a ignoto
regno; il cangiar di cielo;... e mille e mille
altri pensier, teneri tutti, e mesti;
e tutti al certo, piú ch'a ogni altro, noti
all'alto tuo gentile animo umano. –
Io, data a te spontanea mi sono:
né men pento; tel giuro. Ove ciò fosse,
a te il direi: te sovra tutti estimo:
né asconder cosa a te potrei,... se pria
non l'ascondessi anco a me stessa. Or prego;
chi m'ama il piú, di questa mia tristezza
il men mi parli, e svanirá, son certa.
Dispregierei me stessa, ove pur darmi
volessi a te, non ti apprezzando: e come
non apprezzarti?... Ah! dir ciò ch'io non penso,
nol sa il mio labro: e pur tel dice, e giura,
ch'esser mai d'altri non vogl'io, che tua.
Che ti poss'io piú dire?

PERÉO

        ... Ah! ciò che dirmi
potresti, e darmi vita, io non l'ardisco
chiedere a te. Fatal domanda! il peggio
fia l'averne certezza. – Or, d'esser mia
non sdegni adunque? e non ten penti? e nullo
indugio omai?...

MIRRA

        No; questo è il giorno; ed oggi

sarò tua sposa. – Ma, doman le vele
daremo ai venti, e lascerem per sempre
dietro noi queste rive.

PERÉO

        Oh! che favelli?
Come or sí tosto da te stessa affatto
discordi? Il patrio suol, gli almi parenti,
tanto t'incresce abbandonare; e vuoi
ratta cosí, per sempre?...

MIRRA

        Il vo';... per sempre
abbandonarli;... e morir... di dolore...

PERÉO

Che ascolto? Il duol ti ha pur tradita;... e muovi
sguardi e parole disperate. Ah! giuro,
ch'io non sarò del tuo morir stromento;
no, mai; del mio bensí...

MIRRA

        Dolore immenso
mi tragge, è ver... Ma no, nol creder. – Ferma
sto nel proposto mio. – Mentre ho ben l'alma
al dolor preparata, assai men crudo
mi fia il partir: sollievo in te...

PERÉO

        No, Mirra:
io la cagione, io 'l son (benché innocente)
della orribil tempesta, onde agitato,
lacerato è il tuo core. – Omai vietarti
sfogo non vo', col mio importuno aspetto. –

Mirra, o tu stessa ai genitori tuoi
mezzo alcun proporrai, che te sottragga
a sí infausti legami; o udrai da loro
oggi tu di Peréo l'acerba morte.

SCENA TERZA

Mirra.

Deh! non andarne ai genitori... Ah! m'odi...
Ei mi s'invola... – Oh ciel! che dissi? Ah! tosto
ad Euricléa si voli: né un istante,
io rimaner vo' sola con me stessa...

SCENA QUARTA

Euricléa, Mirra.

EURICLÉA	Ove sí ratti i passi tuoi rivolgi, o mia dolce figliuola?
MIRRA	Ove conforto, se non in te, ritrovo?... A te venía...
EURICLÉA	Io da lungi osservandoti mi stava. Mai non ti posso abbandonare, il sai: e mel perdoni; spero. Uscir turbato quinci ho visto Peréo; te da piú grave dolore oppressa io trovo: ah! figlia; almeno liberamente il tuo pianto abbia sfogo entro il mio seno.
MIRRA	Ah! sí; cara Euricléa, io posso teco, almeno pianger... Sento scoppiarmi il cor dal pianto rattenuto...
EURICLÉA	E in tale stato, o figlia, ognor venirne all'imenéo persisti?
MIRRA	Il dolor pria ucciderammi, spero... Ma no; breve fia troppo il tempo;... ucciderammi poscia, ed in non molto... Morire, morire, null'altro io bramo;... e sol morire, io merto.
EURICLÉA	– Mirra, altre furie il giovenil tuo petto squarciar non ponno in sí barbara guisa, fuor che furie d'amor...
MIRRA	Ch'osi tu dirmi? qual ria menzogna?...

EURICLÉA   Ah! non crucciarti, prego,
contro di me, no. Giá da gran tempo io 'l penso:
ma, se tanto ti spiace, a te piú dirlo
non mi ardirò. Deh! pur che almen tu meco
la libertá del piangere conservi!
Né so ben, ch'io mel creda; anzi, alla madre
io fortemente lo negai pur sempre.

MIRRA   Che sento? oh ciel! ne sospettava forse
anch'essa?...

EURICLÉA   E chi, in veder giovin donzella
in tanta doglia, la cagion non stima
esserne amore? Ah! il tuo dolor pur fosse
d'amor soltanto! alcun rimedio almeno
vi avrebbe. – In questo crudel dubbio immersa
giá da gran tempo io stando, all'ara un giorno
io ne venía della sublime nostra
Venere diva; e con lagrime, e incensi,
e caldi preghi, e invaso cor, prostrata
innanzi al santo simulacro, il nome
tuo pronunziava...

MIRRA
                                   Oimè! Che ardir? che festi?

Venere?... Oh ciel!... contro di me... Lo sdegno
della implacabil Dea... Che dico?... Ahi lassa!...
Inorridisco,... tremo...

EURICLÉA   È ver, mal feci:
la Dea sdegnava i voti miei; gl'incensi
ardeano a stento, e in giú ritorto il fumo
sovra il canuto mio capo cadeva.
Vuoi piú? gli occhi alla immagine tremanti
alzar mi attento, e da' suoi piè mi parve
con minacciosi sguardi me cacciasse,
orribilmente di furore accesa,
la Diva stessa. Con tremuli passi,
inorridita, esco del tempio... Io sento
dal terrore arricciarmisi di nuovo,
in ciò narrar, le chiome.

MIRRA   E me pur fai
rabbrividire, inorridir. Che osasti?
Nullo omai de' celesti, e men la Diva
terribil nostra, è da invocar per Mirra.
Abbandonata io son dai Numi; aperto
è il mio petto all'Erinni; esse v'han sole
possanza, e seggio. – Ah! se riman pur l'ombra
di pietá vera in te, fida Euricléa,
tu sola il puoi, trammi d'angoscia: è lento,
è lento troppo, ancor che immenso, il duolo.

EURICLÉA   Tremar mi fai... Che mai poss'io?
MIRRA
                                          ... Ti chieggo
di abbreviar miei mali. A poco, a poco

strugger tu vedi il mio misero corpo;
il mio languir miei genitori uccide;
odíosa a me stessa, altrui dannosa,
scampar non posso: amor, pietá verace,
fia 'l procacciarmi morte; a te la chieggio...

EURICLÉA   Oh cielo!... a me?... Mi manca la parola,...
la lena,... i sensi...

MIRRA   Ah! no; davver non m'ami.
Di pietade magnanima capace
il tuo senile petto io mal credea...
Eppur, tu stessa, ne' miei teneri anni,
tu gli alti avvisi a me insegnavi: io spesso
udía da te, come antepor l'uom debba
alla infamia la morte. Oimè! che dico?... –
Ma tu non m'odi?... Immobil,... muta,... appena
respiri! oh cielo!... Or, che ti dissi? io cieca
dal dolore,... nol so: deh! mi perdona;
deh! madre mia seconda, in te ritorna.

EURICLÉA   ... Oh figlia! oh figlia!... A me la morte chiedi?
La morte a me?

MIRRA   Non reputarmi ingrata;
né che il dolor de' mali miei mi tolga
di que' d'altrui pietade. – Estinta in Cipro
non vuoi vedermi? in breve udrai tu dunque,
ch'io né pur viva pervenni in Epíro.

EURICLÉA   Alle orribili nozze andarne invano
presumi adunque. Ai genitori il tutto
corro a narrar...

MIRRA   Nol fare, o appien tu perdi

l'amor mio: deh! nol far; ten prego: in nome
del tuo amor, ti scongiuro. – A un cor dolente
sfuggon parole, a cui badar non vuolsi. –
Bastante sfogo (a cui concesso il pari
non ho giammai) mi è stato il pianger teco;
e il parlar di mia doglia: in me giá quindi
addoppiato è il coraggio. – Omai poch'ore
mancano al nuzíal rito solenne:
statti al mio fianco sempre: andiamo: e intanto,
nel necessario alto proposto mio
il vieppiú raffermarmi, a te si aspetta.
Tu del tuo amor piú che materno, e a un tempo
giovar mi dei del fido tuo consiglio.
Tu dei far sí, ch'io saldamente afferri
il partito, che solo orrevol resta.

ATTO TERZO

SCENA PRIMA

CINIRO, CECRI.

<table>
<tr><td>CECRI</td><td>Dubbio non v'ha; benché non sia per anco
venuto a noi Peréo, scontento appieno
fu dei sensi di Mirra. Ella non l'ama;
certezza io n'ebbi; e andando ella a tai nozze,
corre (pur troppo!) ad infallibil morte.</td></tr>
<tr><td>CINIRO</td><td>Or, per ultima prova, udiam noi stessi
dal di lei labro il vero. In nome tuo
ingiunger giá le ho fatto, che a te venga.
Nessun di noi forza vuol farle, in somma:
quanto l'amiamo, il sa ben ella, a cui
non siam men cari noi. Ch'ella omai chiuda
in ciò il suo core a noi, del tutto parmi
impossibile; a noi, che di noi stessi,
non che di se, la femmo arbitra e donna.</td></tr>
<tr><td>CECRI</td><td>Ecco, ella viene: oh! mi par lieta alquanto;
e piú franco il suo passo... Ah! pur tornasse
qual era! al sol riapparirle in volto
anco un lampo di gioja, in vita io tosto
ritornata mi sento.</td></tr>
</table>

SCENA SECONDA

MIRRA, CECRI, CINIRO.

<table>
<tr><td>CECRI</td><td>   Amata figlia,
deh! vieni a noi; deh! vieni.</td></tr>
<tr><td>MIRRA</td><td>   Oh ciel! che veggo?
anco il padre!...</td></tr>
<tr><td>CINIRO</td><td>   T'inoltra, unica nostra
speranza e vita; inoltrati secura;
e non temere il mio paterno aspetto,
piú che non temi della madre. A udirti
siam presti entrambi. Or, del tuo fero stato
se disvelarne la cagion ti piace,
vita ci dai; ma, se il tacerla pure
piú ti giova o ti aggrada, anco tacerla,
figlia, tu puoi; che il tuo piacer fia il nostro.
Ad eternare il marital tuo nodo
manca omai sola un'ora; il tien ciascuno
per certa cosa: ma, se pur tu fossi
cangiata mai; se t'increscesse al core</td></tr>
</table>

la data fe; se la spontanea tua
libera scelta or ti spiacesse; ardisci,
non temer cosa al mondo, a noi la svela.
Non sei tenuta a nulla; e noi primieri
te ne sciogliam, noi stessi; e, di te degno,
generoso ti scioglie anco Peréo.
Né di leggiera vorrem noi tacciarti:
anzi, creder ci giova che maturi
pensier novelli a ciò ti astringan ora.
Da cagion vile esser non puoi tu mossa;
l'indole nobil tua, gli alti tuoi sensi,
e l'amor tuo per noi, ci è noto il tutto:
di te, del sangue tuo cosa non degna,
né pur pensarla puoi. Tu dunque appieno
adempi il voler tuo; purché felice
tu torni, e ancor di tua letizia lieti
tuoi genitor tu renda. Or, qual ch'ei sia
questo presente tuo voler, lo svela,
come a fratelli, a noi.

CECRI   Deh! sí: tu il vedi;
né dal materno labro udisti mai
piú amoroso, piú tenero, piú mite
parlar, di questo.

MIRRA   ... Havvi tormento al mondo,
che al mio si agguagli?...

CECRI   Ma, che fia? tu parli
sospirando infra te?

CINIRO   Lascia, deh! lascia,
che il tuo cor ci favelli: altro linguaggio
non adopriam noi teco. – Or via; rispondi.

MIRRA   ... Signor...
CINIRO   Tu mal cominci: a te non sono
signor; padre son io: puoi tu chiamarmi
con altro nome, o figlia?

MIRRA

                              O Mirra, è questo

l'ultimo sforzo. – Alma, coraggio...
CECRI   Oh cielo!
Pallor di morte in volto...
MIRRA   A me?...
CINIRO   Ma donde,
donde il tremar? del padre tuo?...
MIRRA   Non tremo...
parmi;... od almen, non tremerò piú omai,
poiché ad udirmi or sí pietosi state. –
L'unica vostra, e troppo amata figlia
son io, ben so. Goder d'ogni mia gioja,
e v'attristar d'ogni mio duol vi veggo;
ciò stesso il duol mi accresce. Oltre i confini
del natural dolore il mio trascorre;

invan lo ascondo; e a voi vorrei pur dirlo,...
ove il sapessi io stessa. Assai giá pria,
ch'io fra 'l nobile stuol de' proci illustri
Peréo scegliessi, in me cogli anni sempre
la fatal mia tristezza orridi era ita
ogni dí piú crescendo. Irato un Nume,
implacabile, ignoto, entro al mio petto
si alberga; e quindi, ogni mia forza è vana
contro alla forza sua... Credilo, o madre;
forte, assai forte (ancor ch'io giovin sia)
ebbi l'animo, e l'ho: ma il debil corpo,
egro ei soggiace;... e a lenti passi in tomba
andar mi sento... – Ogni mio poco e rado
cibo, mi è tosco: ognor mi sfugge il sonno;
o con fantasmi di morte tremendi,
piú che il vegliar, mi dan martíro i sogni:
né dí, né notte, io non trovo mai pace,
né riposo, né loco. Eppur sollievo
nessuno io bramo; e stimo, e aspetto, e chieggo,
come rimedio unico mio, la morte.
Ma, per piú mio supplicio, co' suoi lacci
viva mi tien natura. Or me compiango,
or me stessa abborrisco: e pianto, e rabbia,
e pianto ancora... È la vicenda questa,
incessante, insoffribile, feroce,
in cui miei giorni infelici trapasso. –
Ma che?... voi pur dell'orrendo mio stato
piangete?... Oh madre amata!... entro il tuo seno
ch'io, suggendo tue lagrime, conceda
un breve sfogo anco alle mie!...

CECRI   Diletta
figlia, chi può non piangere al tuo pianto?...

CINIRO
Squarciare il cor mi sento da' suoi detti...
Ma in somma pur, che far si dee?...

MIRRA   Ma in somma,
(deh! mel credete) in mio pensier non cadde
mai di attristarvi, né di trarvi a vana
pietá di me, coll'accennar mie fere
non narrabili angosce. – Da che ferma,
Peréo scegliendo, ebbi mia sorte io stessa,
meno affannosa rimaner mi parve,
da prima, è ver; ma, quanto poi piú il giorno
del nodo indissolubil si appressava,
vie piú forti le smanie entro al mio cuore
ridestavansi; a tal, ch'io ben tre volte
pregarvi osai di allontanarlo. In questi
indugj io pur mi racquetava alquanto;
ma, col scemar del tempo, ricrescea
di mie Furie la rabbia. Oggi son elle,
con mia somma vergogna e dolor sommo,

giunte al lor colmo al fin: ma sento anch'oggi,
che nel mio petto di lor possa han fatto
l'ultima prova. Oggi a Peréo son io
sposa, o questo esser demmi il giorno estremo.

CECRI
Che sento?... Oh figlia!... E alle ferali nozze
ostinarti tu vuoi?...

CINIRO
                    No, mai non fia.
Peréo non ami; e mal tuo grado, indarno,
vuoi darti a lui...

MIRRA
                  Deh! non mi torre adesso;
o dammi tosto a morte... È ver, ch'io, forse,
quanto egli me, non l'amo;... e ciò, neppure
io ben mel so... Credi, ch'io assai lo estimo;
e che null'uomo avrá mia destra al mondo,
s'egli non l'ha. Caro al mio core, io spero,
Peréo sará, quanto il debb'esser; seco
vivendo io fida e indivisibil sempre,
egli in me pace, io spero, egli in me gioja
tornar fará: cara, e felice forse,
un giorno ancor mi fia la vita. Ah! s'io
finor non l'amo al par ch'ei merta, è colpa
non di me, del mio stato; in cui me stessa
prima abborrisco... Io l'ho pur scelto: ed ora,
io di nuovo lo scelgo: io bramo, io chieggo
lui solo. Oltre ogni dire, a voi gradita
era la scelta mia: si compia or dunque,
come il voleste, e come io 'l voglio, il tutto.
Poiché maggior del mio dolore io sono,
siatel pur voi. Quanto il potrò piú lieta,
vengo in breve alle nozze: e voi, beati
ve ne terrete un giorno.

CECRI
                     Oh rara figlia!
quanti mai pregj aduni!

CINIRO
                  Un po' mi acqueta
il tuo parlar; ma tremo...

MIRRA
                  In me piú forte
tornar mi sento, in favellarvi. Appieno
tornar, sí, posso di me stessa io donna,
(ove il voglian gli Dei) pur che soccorso
voi men prestiate.

CINIRO
                  E qual soccorso?

CECRI
                    Ah! parla.
Tutto faremo.

MIRRA
                Addolorarvi ancora
io deggio. Udite. – Al travagliato petto,
e alla turbata egra mia mente oppressa,
alto rimedio or fia, di nuovi oggetti
la vista; e in ciò il piú tosto, il miglior fia.

L'abbandonarvi (oh ciel!) quanto a me costi,
dir nol posso; il diranno le mie lagrime,
quand'io darovvi il terribile addio:
se il potrò pur, senza cadere,... o madre,
infra tue braccia estinta... Ma, s'io pure
lasciar vi posso, il dí verrá, che a questo
generoso mio sforzo, e vita, e pace,
e letizia dovrò.

CECRI

      Tu di lasciarci

parli? e il vuoi tosto; e in un lo temi e il brami?
Ma qual fia mai?...

CINIRO
        Lasciarci? e a noi che resta,
senza di te? Ben di Peréo tu poscia
irne al padre dovrai; ma intanto pria
lieta con noi qui lungamente ancora....

MIRRA
E s'io qui lieta esser per or non posso,
vorreste voi qui pria morta vedermi,
che felice sapermi in stranio lido? –
Tosto, piú o meno, il mio destin mi chiama
nella reggia d'Epíro: ivi pur debbo
con Peréo dimorarmi. A voi ritorno
faremo un dí, quando il paterno scettro
Peréo terrá. Di molti figli e cari
me lieta madre rivedrete in Cipro,
se il concedono i Numi: e, qual piú a grado
a voi sará tra i figli miei, sostegno
vel lasceremo ai vostri anni canuti.
Cosí a questo bel regno erede avrete
del sangue vostro; poiché a voi negato
prole han finor del miglior sesso i Numi.
Voi primi allor benedirete il giorno,
che partir mi lasciaste. – Al sol novello,
deh! concedete, che le vele ai venti
meco Peréo dispieghi. Io sento in cuore
certo un presagio funesto, che dove
il partir mi neghiate, (ahi lassa!) io preda
in questa reggia infausta oggi rimango
d'una invincibil sconosciuta possa:
che a voi per sempre io sto per esser tolta...
Deh! voi pietosi; o al mio presagio fero
crediate; o, all'egra fantasia dolente
cedendo, secondar piacciavi il mio
errore. La mia vita, il mio destino,
ed anco (oh cielo! io fremo) il destin vostro;
dal mio partir, tutto, purtroppo! or pende.

CECRI
Oh figlia!...

CINIRO
     Oimè!... Tremar ci fan tuoi detti...
Ma pur, quanto a te piace, appien si faccia.
Qual ch'esser possa il mio dolor, pria voglio

non piú vederti, che cosí vederti. –
E tu, dolce consorte, in pianto muta
ti stai?... Consenti al suo desio?

CECRI

                              Morirne

fossi almen certa, come (ahi trista!) il sono
di viver sempre in sconsolato pianto!...
Fosse almen vero un dí l'augurio fausto,
che dei cari nepoti ella ne accenna!...
Ma, poiché tale il suo strano pensiero,
pur ch'ella viva, seguasi.

MIRRA   La vita,
madre, or mi dai per la seconda volta.
Presta alle nozze io son fra un'ora. Il tempo
vel proverá, s'io v'ami; ancor che lieta
io di lasciarvi appaia. – Or mi ritraggo
a mie stanze, per poco: asciutto affatto
recar vo' il ciglio all'ara; e al degno sposo
venir gradita con serena fronte.

SCENA TERZA

Ciniro, Cecri.

CECRI   Miseri noi! misera figlia!
CINIRO   Eppure,
di vederla ogni giorno piú infelice,
no, non mi basta il core. Invan l'opporci...
CECRI   Oh sposo!... io tremo, che ai nostri occhi appena
toltasi, il fero suo dolor la uccida.
CINIRO   Ai detti, agli atti, ai guardi, anco ai sospiri,
par che la invasi orribilmente alcuna
sovrumana possanza.
CECRI   ... Ah! ben conosco,
cruda implacabil Venere, le atroci
tue vendette. Scontare, ecco, a me fai,
in questa guisa, il mio parlar superbo.
Ma, la mia figlia era innocente; io sola,
l'audace io fui; la iniqua, io sola...
CINIRO   Oh cielo!
che osasti mai contro alla Dea?...
CECRI   Me lassa!...
Odi il mio fallo, o Ciniro. – In vedermi
moglie adorata del piú amabil sposo,
del piú avvenente infra i mortali, e madre
per lui d'unica figlia (unica al mondo
per leggiadria, beltá, modestia, e senno)
ebra, il confesso, di mia sorte, osava
negar io sola a Venere gl'incensi.

Vuoi piú? folle, orgogliosa, a insania tanta
(ahi sconsigliata!) io giunsi, che dal labro
io sfuggir mi lasciava; che piú gente
tratta è di Grecia e d'Oríente omai
dalla famosa alta beltá di Mirra,
che non mai tratta per l'addietro in Cipro
dal sacro culto della Dea ne fosse.

CINIRO
Oh! che mi narri?...

CECRI
                        Ecco, dal giorno in poi,
Mirra piú pace non aver; sua vita,
e sua beltá, qual debil cera al fuoco,
lentamente distruggersi; e niun bene
non v'esser piú per noi. Che non fec'io,
per placar poi la Dea? quanti non porsi
e preghi, e incensi, e pianti? indarno sempre.

CINIRO
Mal festi, o donna; e fu il tacermel, peggio.
Padre innocente appieno, io co' miei voti
forse acquetar potea l'ira celeste:
e forse ancor (spero) il potrò. – Ma intanto,
io pur di Mirra or nel pensier concorro:
ben forza è torre, e senza indugio nullo,
da quest'isola sacra il suo cospetto.
Chi sa? seguirla in altre parti forse
l'ira non vuol dell'oltraggiato Nume:
e quindi forse la infelice figlia,
tal sentendo presagio ignoto in petto,
tanto il partir desia, tanto ne spera. –
Ma, vien Peréo: ben venga: ei sol serbarci
può la figlia, col torcela.

CECRI
                        Oh destino!

SCENA QUARTA

CINIRO, PERÉO, CECRI.

PERÉO
Tardo, tremante, irresoluto, e pieno
di mortal duol, voi mi vedete. Un fero
contrasto è in me: pur, gentilezza, e amore
vero d'altrui, non di me stesso, han vinto.
Men costerá la vita. Alto non duolmi,
che il non poter, con util vostro almeno,
spenderla omai: ma l'adorata Mirra
a morte io trarre, ah! no, non voglio. Il nodo
fatal si rompa; e de' miei giorni a un tempo
rompasi il filo.

CINIRO
                        Oh figlio!... ancor ti appello
di tal nome; e il sarai tra breve, io spero.
Noi, dopo te, noi pure i sensi udimmo

di Mirra: io seco, qual verace padre,
tutto adoprai perch'ella appien seguisse
il suo libero intento: ma, piú salda,
che all'aure scoglio, ella si sta: te solo
e vuole, e chiede; e teme, che a lei tolto
sii tu. Cagion del suo dolore addurne
ella stessa non sa: l'egra salute,
che l'effetto pria n'era, omai n'è forse
la cagion sola. Ma il suo duol profondo
merta, qual ch'egli sia, pietá pur molta;
né sdegno alcuno in te destar debb'ella,
piú che ne desti in noi. Sollievo dolce
tu del suo mal sarai: d'ogni sua speme
l'amor tuo forte, è base. Or, qual vuoi prova
maggior di questa? al nuovo dí lasciarci
(noi, che l'amiam pur tanto!) ad ogni costo
vuole ella stessa; e per ragion ne assegna,
l'esser piú teco, il divenir piú tua.

PERÉO
Creder, deh, pure il potess'io! ma appunto
questo partir sí subito... Oimè! tremo,
che in suo pensier disegni ella stromento
della sua morte farmi.

CECRI
                A te, Peréo,
noi l'affidiamo: il vuole oggi il destino.
Pur troppo qui, su gli occhi nostri, morta
cadria, se ostare al suo voler piú a lungo
cel sofferisse il core. In giovin mente
grande ha possanza il varíar gli oggetti.
Ogni tristo pensier deponi or dunque;
e sol ti adopra in lei vieppiú far lieta.
La tua pristina gioja in volto chiama;
e, col non mai del suo dolor parlarle,
vedrai che in lei presso a finir fia 'l duolo.

PERÉO
Creder dunque poss'io, creder davvero,
che non mi abborre Mirra?

CINIRO
                A me tu il puoi
creder, deh! sí. Qual ti parlassi io dianzi,
rimembra; or son dal suo parlar convinto,
che, lungi d'esser de' suoi lai cagione,
suo sol rimedio ella tue nozze estima.
Dolcezza assai d'uopo è con essa; e a tutto
piegherassi ella. Vanne; e a lieta pompa
disponti in breve; e in un (pur troppo!) il tutto,
per involarci al nuovo sol la figlia,
anco disponi. Del gran tempio all'ara,
a Cipro tutta in faccia andar non vuolsi;
che il troppo lungo rito al partir ratto
ostacol fora. In questa reggia, gl'inni
d'Imenéo canteremo.

PERÉO

> A vita appieno
> tornato m'hai. Volo; a momenti io riedo.

ATTO QUARTO

SCENA PRIMA

EURICLÉA, MIRRA.

MIRRA

Sí; pienamente in calma omai tornata,
cara Euricléa, mi vedi; e lieta, quasi,
del mio certo partire.

EURICLÉA

Oimè! fia vero?...
Sola ne andrai col tuo Peréo?... né trarti
al fianco vuoi, non una pur di tante
tue fide ancelle? E me da lor non scerni,
che neppur me tu vuoi?... Di me che fia,
se priva io resto della dolce figlia?
Solo in pensarvi, oimè! morir mi sento...

MIRRA

Deh! taci... Un dí ritornerò...

EURICLÉA

Deh! il voglia,
il voglia il cielo! Oh figlia amata!... Ah! tale
durezza in te, no, non creda: sperato
avea pur sempre di morirmi al tuo fianco...

MIRRA

S'io meco alcun di questa reggia trarre
acconsentir poteva, eri tu sola,
quella ch'io chiesta avrei... Ma, in ciò son salda...

EURICLÉA

E al nuovo dí tu parti?...

MIRRA

Al fin certezza
dai genitor ne ottenni; e scior vedrammi
da questo lido la nascente aurora.

EURICLÉA

Deh! ti sia fausto il dí!... Pur ch'io felice
almen ti sappia!... Ella è ben cruda gioja,
questa che quasi ora in lasciarci mostri...
Pur, se a te giova, io piangerò, ma muta
con la dolente genitrice...

MIRRA

Oh! quale
muovi tu assalto al mio mal fermo cuore?...
Perché sforzarmi al pianto?...

EURICLÉA

E come il pianto
celar poss'io?... Quest'è l'ultima volta,
ch'io ti vedo, e ti abbraccio. D'anni molti
carca me lasci, e di dolor piú assai.
Al tuo tornar, se pur mai riedi, in tomba
mi troverai: qualche lagrima, spero,...
alla memoria... della tua Euricléa...
almen darai...

MIRRA

Deh!... per pietá mi lascia;
o taci almeno. – Io tel comando; taci
Essere omai per tutti dura io deggio;
ed a me prima io 'l sono. – È giorno questo
di gioja e nozze. Or, se tu mai mi amasti,

aspra ed ultima prova oggi ten chieggo;
frena il tuo pianto,... e il mio. – Ma, giá lo sposo
venirne io veggio. Ogni dolor sia muto.

SCENA SECONDA

PERÉO

D'inaspettata gioja hammi ricolmo,
Mirra, il tuo genitore: ei stesso, lieto,
il mio destin, ch'io tremando aspettava,
annunziommi felice. Ai cenni tuoi
preste saranno al nuovo albór mie vele,
poiché tu il vuoi cosí. Piacemi almeno,
che vi acconsentan placidi e contenti
i genitori tuoi: per me non altra
gioja esser può, che di appagar tue brame.

MIRRA

Sí, dolce sposo; ch'io giá tal ti appello;
se cosa io mai ferventemente al mondo
bramai, di partir teco al nuovo sole
tutta ardo, e il voglio. Il ritrovarmi io tosto
sola con te; non piú vedermi intorno
nullo dei tanti oggetti a lungo stati
testimon del mio pianto, e cagion forse;
il solcar nuovi mari, e a nuovi regni
irne approdando; aura novella e pura
respirare, e tuttor trovarmi al fianco
pien di gioja e d'amore un tanto sposo;
tutto, in breve, son certa, appien mi debbe
quella di pria tornare. Allor sarotti
meno increscevol, spero. Aver t'è d'uopo
pietade intanto alcuna del mio stato;
ma, non fia lunga; accertati. Il mio duolo,
se tu non mai men parli, in breve svelto
fia da radice. Deh! non la paterna
lasciata reggia, e non gli orbati e mesti
miei genitor; né cosa, in somma, alcuna
delle giá mie, tu mai, né rimembrarmi
dei, né pur mai nomarmela. Fia questo
rimedio, il sol, che asciugherá per sempre
il mio finor perenne orribil pianto.

PERÉO

Strano, inaudito è il tuo disegno, o Mirra:
deh! voglia il ciel, ch'ei non t'incresca un giorno! –
Pur, benché in cor lusinga omai non m'entri
d'esserti caro, in mio pensier son fermo
di compier ciecamente ogni tua brama.
Ove poi voglia il mio fatal destino,
ch'io mai non merti l'amor tuo, la vita
che per te sola io serbo (questa vita,

cui tolta io giá di propria man mi avrei,
s'oggi perderti affatto erami forza)
questa mia vita per sempre consacro
al tuo dolore, poiché a ciò mi hai scelto.
A pianger teco, ove tu il brami; a farti,
tra giuochi e feste, il tuo cordoglio e il tempo
ingannar, se a te giova; a porre in opra,
a prevenir tutti i desiri tuoi;
a mostrarmiti ognor, qual piú mi vogli,
sposo, amico, fratello, amante, o servo;
ecco, a quant'io son presto: e in ciò soltanto
la mia gloria fia posta e l'esser mio.
Se non potrai me poscia amar tu mai,
parmi esser certo, che odiarmi almeno
neppur potrai.

MIRRA

                    Che parli tu? Deh! meglio

Mirra e te stesso in un conosci e apprezza.
Alle tante tue doti amor sí immenso
v'aggiungi tu, che di ben altro oggetto,
ch'io nol son, ti fa degno. Amor sue fiamme
porrammi in cor, tosto che sgombro ei l'abbia
dal pianto appieno. Indubitabil prova
abbine, ed ampia, oggi in veder ch'io scelgo
d'ogni mio mal te sanator pietoso;
ch'io stimo te, ch'io ad alta voce appello,
Peréo, te sol liberator mio vero.

PERÉO

D'alta gioja or m'infiammi: il tuo bel labro
tanto mai non mi disse: entro al mio core
stanno in note di fuoco omai scolpiti
questi tuoi dolci accenti. – Ecco venirne
giá i sacerdoti, e la festosa turba,
e i cari nostri genitori. O sposa,
deh! questo istante a te davver sia fausto,
come il piú bello è a me del viver mio!

SCENA TERZA

SACERDOTI, CORO DI FANCIULLI, DONZELLE, E VECCHI;

CINIRO, CECRI, POPOLO, MIRRA, PERÉO, EURICLÉA.

CINIRO

Amati figli, augurio lieto io traggo
dal vedervi precedere a noi tutti,
al sacro rito. In sul tuo viso è sculta,
Peréo, la gioja; e della figlia io veggo
fermo e sereno anco l'aspetto. I Numi
certo abbiamo propizj. – In copia incensi
fumino or dunque in su i recati altari;
e, per far vie piú miti a noi gli Dei,

30

[1]CORO[0]   schiudasi il canto; al ciel rimbombin grati
devoti inni vostri alti-sonanti.
    «O tu, che noi mortali egri conforte,
«fratel d'Amor, dolce Imenéo, bel Nume;
«deh! fausto scendi; = e del tuo puro lume
«fra i lieti sposi accendi
«fiamma, cui nulla estingua, altro che morte. –

FANCIULLO   «Benigno a noi, lieto Imenéo, deh! vola
«del tuo german su i vanni;

DONZELLE   «e co' suoi stessi inganni
«a lui tu l'arco, = e la farétra invola:

VECCHI   «ma scendi scarco
«di sue lunghe querele e tristi affanni: –

CORO   «de' nodi tuoi, bello Imenéo giocondo,
«stringi la degna coppia unica al mondo».

EURICLÉA   Figlia, che fia? tu tremi?... oh cielo!...
MIRRA   Taci:
deh! taci...

EURICLÉA   Eppur...
MIRRA   No, non è ver; non tremo. –
CORO   «O d'Imenéo e d'Amor madre sublime,
«o tra le Dive Diva,
«alla cui possa nulla possa è viva;
«Venere, deh! fausta agli sposi arridi
«dalle olimpiche cime,
«se sacri mai ti fur di Cipro i lidi.

FANCIULLO   «Tutta è tuo don questa beltá sovrana,
«onde Mirra è vestita, e non altera;

DONZELLE   «lasciarci in terra la tua immagin vera
«piacciati, deh! col farla allegra e sana,

VECCHI   «e madre in breve di sí nobil prole,
«che il padre, e gli avi, e i regni lor, console. –

CORO   «Alma Dea, per l'azzurre aure del cielo,
«coi be' nitidi cigni al carro aurato,
«raggiante scendi; abbi i duo figli a lato;
«e del bel roseo velo
«gli sposi all'ara tua prostráti ammanta;
«e in due corpi una sola alma traspianta».

CECRI   Figlia, deh! sí; della possente nostra
Diva, tu sempre umíl... Ma che? ti cangi
tutta d'aspetto?... Oimè! vacilli? e appena
su i piè tremanti?...

MIRRA   Ah! per pietá, coi detti
non cimentar la mia costanza, o madre:
del sembiante non so;... ma il cor, la mente,
salda stommi, immutabile.

EURICLÉA   Per essa
morir mi sento.

PERÉO

                Oimè! vieppiú turbarsi

la veggo in volto?... Oh qual tremor mi assale! –

CORO

«La pura Fe, l'eterna alma Concordia,
«abbian lor templo degli sposi in petto;
«e indarno sempre la infernale Aletto,
«con le orribil suore,
«assalto muova di sue negre tede
«al forte intatto core
«dell'alta sposa, = che ogni laude eccede:
«e, invan rabbiosa,
«se stessa roda la feral Discordia...»

MIRRA

Che dite voi? giá nel mio cor, giá tutte
le Furie ho in me tremende. Eccole; intorno
col vipereo flagello e l'atre faci
stan le rabide Erinni: ecco quai merta
questo imenéo le faci...

CINIRO

                Oh ciel! che ascolto?

CECRI

Figlia, oimè! tu vaneggi...

PERÉO

                Oh infauste nozze!

Non fia, no mai...

MIRRA

          – Ma che? giá taccion gl'inni?...

Chi al sen mi stringe? Ove son io? Che dissi?
Son io giá sposa? Oimè!...

PERÉO

                Sposa non sei,

Mirra; né mai tu di Peréo, tel giuro,
sposa sarai. Le agitatrici Erinni,
minori no, ma dalle tue diverse,
mi squarcian pure il cuore. Al mondo intero
favola omai mi festi; ed a me stesso
piú insoffribil, che a te: non io per tanto
farti voglio infelice. Appien tradita,
mal tuo grado, ti sei: tutto traluce
invincibile tuo lungo ribrezzo,
che per me nutri. Oh noi felici entrambi,
che ti tradisti in tempo! Omai disciolta
sei dal richiesto ed abborrito giogo.
Salva, e libera, sei. Per sempre io tolgo
dagli occhi tuoi quest'odíoso aspetto...
Paga e lieta vo' farti... Infra brev'ora,
qual resti scampo a chi te perde, udrai.

SCENA QUARTA

CINIRO, MIRRA, CECRI, EURICLÉA,
SACERDOTI, CORO, POPOLO.

CINIRO

Contaminato è il rito; ogni solenne
pompa omai cessi, e taccian gl'inni. Altrove

itene intanto, o sacerdoti. Io voglio,
(misero padre!) almen pianger non visto.

SCENA QUINTA

Ciniro, Mirra, Cecri, Euricléa.

EURICLÉA

Mirra piú presso a morte assai, che a vita,
stassi: il vedete, ch'io a stento la reggo?
Oh figlia!...

CINIRO

        Donne, a se medesma in preda
costei si lasci, e alle sue furie inique.
Duro, crudel, mal grado mio, mi ha fatto
con gl'inauditi modi suoi: pietade
piú non ne sento. Ella, all'altar venirne,
contra il voler dei genitori quasi,
ella stessa il voleva: e sol, per trarci
a tal nostr'onta e sua?... Pietosa troppo,
delusa madre, lasciala: se pria
noi severi non fummo, è giunto il giorno
d'esserlo al fine.

MIRRA

         È ver: Ciniro meco
inesorabil sia; null'altro io bramo;
null'altro io voglio. Ei terminar può solo
d'una infelice sua figlia non degna
i martír tutti. – Entro al mio petto vibra
quella che al fianco cingi ultrice spada:
tu questa vita misera, abborrita,
davi a me giá; tu me la togli: ed ecco
l'ultimo dono, ond'io ti prego... Ah! pensa;
che se tu stesso, e di tua propria mano,
me non uccidi, a morir della mia
omai mi serbi, ed a null'altro.

CINIRO

                Oh figlia!...

CECRI

Oh parole!... Oh dolor!... Deh! tu sei padre;
padre tu sei;... perchè innasprirla?... Or forse
non è abbastanza misera?... Ben vedi,
mal di se stessa è donna; ad ogni istante
fuor di se stessa è dal dolore...

EURICLÉA

              O Mirra...
Figlia,... e non m'odi?... Parlar,... pel gran pianto,...
non posso...

CINIRO

        Oh stato!... A sí terribil vista
non reggo... Ah! sí, padre pur troppo io sono;
e di tutti il piú misero... Mi sforza
giá, piú che l'ira, or la pietá. Mi traggo
a pianger solo altrove. Ah! voi sovr'essa
vegliate intanto. – In se tornata, in breve,

33

ella udrá poscia favellarle il padre.

SCENA SESTA

CECRI, MIRRA, EURICLÉA.

EURICLÉA   Ecco, di nuovo ella i sensi ripiglia...
CECRI   Buona Euricléa, con lei lasciami sola;
                          parlarle voglio.

SCENA SETTIMA

CECRI, MIRRA.

MIRRA   – Uscito è il padre?... Ei dunque,
ei di uccidermi niega?... Deh! pietosa
dammi tu, madre, un ferro; ah! sí; se l'ombra
pur ti riman per me d'amore, un ferro,
senza indugiar, dammi tu stessa. Io sono
in senno appieno; e ciò ch'io dico, e chieggo,
so quanto importi: al senno mio, deh! credi;
n'è tempo ancor: ti pentirai, ma indarno,
del non mi aver d'un ferro oggi soccorsa.
CECRI   Diletta figlia,... oh ciel!... tu, pel dolore,
certo vaneggi. Alla tua madre mai
non chiederesti un ferro... – Or, piú di nozze
non si favelli: uno inaudito sforzo
quasi pur troppo a compierle ti trasse;
ma, piú di te potea natura; i Numi
io ne ringrazio assai. Tu fra le braccia
della dolce tua madre starai sempre:
e se ad eterno pianto ti condanni,
pianger io teco eternamente voglio,
né mai, né d'un sol passo, mai lasciarti:
sarem sol'una; e del dolor tuo stesso,
poich'ei da te partir non vuolsi, anch'io
vestirmi vo'. Piú suora a te, che madre,
spero, mi avrai... Ma, oh ciel! che veggio? O figlia,...
meco adirata sei?... me tu respingi?...
e di abbracciarmi nieghi? e gl'infuocati
sguardi?... Oimè! figlia,... anco alla madre?...
MIRRA   Ah! troppo
dolor mi accresce anco il vederti: il cuore,
nell'abbracciarmi tu, vieppiú mi squarci... –
Ma... oimè!... che dico?... Ahi madre!... Ingrata, iniqua,
figlia indegna son io, che amor non merto.
Al mio destino orribile me lascia;...
o se di me vera pietá tu senti,

34

io tel ridico, uccidimi.

CECRI   Ah! me stessa
ucciderei, s'io perderti dovessi:
ahi cruda! e puoi tu dirmi, e replicarmi
cosí acerbe parole? – Anzi, vo' sempre
d'ora in poi sul tuo viver vegliar io.

MIRRA   Tu vegliare al mio vivere? ch'io deggia,
ad ogni istante, io rimirarti? innanzi
agli occhi miei tu sempre? ah! pria sepolti
voglio in tenebre eterne gli occhi miei:
con queste man mie stesse, io stessa pria
me li vo' sverre, io, dalla fronte...

CECRI   Oh cielo!
che ascolto?... Oh ciel!... Rabbrividir mi fai.
Me dunque abborri?...

MIRRA   Tu prima, tu sola,
tu sempiterna cagione funesta
d'ogni miseria mia...

CECRI   Che parli?... Oh figlia!...
Io la cagion?... Ma giá il tuo pianto a rivi...

MIRRA   Deh! perdonami; deh!... Non io favello;
una incognita forza in me favella...
Madre, ah! troppo tu m'ami; ed io...

CECRI   Me nomi
cagion?...

MIRRA   Tu, sí; de' mali miei cagione
fosti, nel dar vita ad un'empia, e il sei,
s'or di tormela nieghi; or, ch'io ferventi
prieghi ten porgo. Ancor n'è tempo; ancora
sono innocente, quasi... – Ma,... non regge
a tante furie... il languente... mio... corpo...
mancano i piè,... mancano... i sensi...

CECRI   Io voglio
trarti alle stanze tue. D'alcun ristoro
d'uopo hai, son certa; dal digiun tuo lungo
nasce in te il vaneggiare. Ah! vieni; e al tutto
in me ti affida: io vo' servirti, io sola.

ATTO QUINTO

SCENA PRIMA

CINIRO.

Oh sventurato, oh misero Peréo!
Troppo verace amante!... Ah! s'io piú ratto
al giunger era, il crudo acciaro forse
tu non vibravi entro al tuo petto. – Oh cielo!
che dirá l'orbo padre? ei lo attendeva
sposo, e felice; ed or di propria mano
estinto, esangue corpo, innanzi agli occhi
ei recar sel vedrá. – Ma, sono io padre
men di lui forse addolorato? è vita
quella, a cui resta, infra sue furie atroci,
la disperata Mirra? è vita quella,
a cui l'orrido suo stato noi lascia? –
Ma, udirla voglio: e giá di ferreo usbergo
armato ho il core. Ella ben merta (e il vede)
il mio sdegno; ed in prova, al venir lenta
mostrasi: eppur, dal terzo messo ella ode
giá il paterno comando. – Orribil certo,
e rilevante arcano havvi nascoso
in questi suoi travagli. O il vero udirne
dal di lei labro io voglio, o mai non voglio,
mai piú, vederla al mio cospetto innante...
Ma, (oh ciel!) se forza di destino, ed ira
di offesi Numi a un lagrimar perenne
la condanna innocente, aggiunger deggio
l'ira d'un padre a sue tante sventure?
E abbandonata, e disperata, a lunga
morte lasciarla?... Ah! mi si spezza il core...
Pure, il mio immenso affetto, in parte almeno,
ora è mestier, ch'io per la prova estrema,
le asconda. In suon di sdegno ella finora
mai non mi udia parlarle: il cor sí saldo,
no, donzella non ha, che incontro basti
al non usato minacciar del padre. –
Eccola al fine. – Oimè! come si avanza
a tardi passi, e sforzati! Par, ch'ella
al mio cospetto a morire sen venga.

SCENA SECONDA

CINIRO, MIRRA.

CINIRO   – Mirra, che nulla tu il mio onor curassi,

creduto io mai, no, non l'avrei; convinto
me n'hai (pur troppo!) in questo dí fatale
a tutti noi: ma, che ai comandi espressi,
e replicati del tuo padre, or tarda
all'obbedir tu sii, piú nuovo ancora
questo a me giunge.

MIRRA   ... Del mio viver sei
signor, tu solo... Io de' miei gravi,... e tanti
falli... la pena... a te chiedeva,... io stessa,...
or dianzi,... qui... – Presente era la madre;...
deh! perché allor... non mi uccidevi?...

CINIRO   È tempo,
tempo ormai, sí, di cangiar modi, o Mirra.
Disperate parole indarno muovi;
e disperati, e in un tremanti, sguardi
al suolo affissi indarno. Assai ben chiara
in mezzo al dolor tuo traluce l'onta;
rea ti senti tu stessa. Il tuo piú grave
fallo, è il tacer col padre tuo: lo sdegno
quindi appien tu ne merti; e che in me cessi
l'immenso amor, che all'unica mia figlia
io giá portai. – Ma che? tu piangi? e tremi?
e inorridisci?... e taci? – A te fia dunque
l'ira del padre insopportabil pena?

MIRRA   Ah!... peggior... d'ogni morte...

CINIRO

                                    Odimi. – Al mondo

favola hai fatto i genitori tuoi,
quanto te stessa, coll'infausto fine
che alle da te volute nozze hai posto.
Giá l'oltraggio tuo crudo i giorni ha tronchi
del misero Peréo...

MIRRA   Che ascolto? Oh cielo!

CINIRO   Peréo, sí, muore; e tu lo uccidi. Uscito
del nostro aspetto appena, alle sue stanze
solo, e sepolto in un muto dolore,
ei si ritrae: null'uomo osa seguirlo.
Io, (lasso me!) tardo pur troppo io giungo...
Dal proprio acciaro trafitto, ei giacea
entro un mare di sangue: a me gli sguardi
pregni di pianto e di morte inalzava;...
e, fra i singulti estremi, dal suo labro
usciva ancor di Mirra il nome. – Ingrata...

MIRRA   Deh! piú non dirmi... Io sola, io degna sono,
di morte... E ancor respiro?...

CINIRO   Il duolo orrendo
dell'infelice padre di Peréo,
io che son padre ed infelice, io solo
sentir lo posso: io 'l so, quanto esser debba
lo sdegno in lui, l'odio, il desio di farne

aspra su noi giusta vendetta. – Io quindi,
non dal terror dell'armi sue, ma mosso
dalla pietá del giovinetto estinto,
voglio, qual de' padre ingannato e offeso,
da te sapere (e ad ogni costo io 'l voglio)
la cagion vera di sí orribil danno. –
Mirra, invan me l'ascondi: ah! ti tradisce
ogni tuo menom'atto. – Il parlar rotto;
lo impallidire, e l'arrossire; il muto
sospirar grave; il consumarsi a lento
fuoco il tuo corpo; e il sogguardar tremante;
e il confonderti incerta; e il vergognarti,
che mai da te non si scompagna:... ah! tutto,
sí tutto in te mel dice, e invan tu il nieghi;...
son figlie in te le furie tue... d'amore.

MIRRA   Io?... d'amor?... Deh! nol credere... T'inganni.
CINIRO   Piú il nieghi tu, piú ne son io convinto.
          E certo in un son io (pur troppo!) omai,
          ch'esser non puote altro che oscura fiamma,
          quella cui tanto ascondi.

MIRRA   Oimè!... che pensi?...
          Non vuoi col brando uccidermi;... e coi detti...
          mi uccidi intanto...

CINIRO   E dirmi pur non l'osi,
          che amor non senti? E dirmelo, e giurarlo
          anco ardiresti, io ti terria spergiura. –
          Ma, chi mai degno è del tuo cor, se averlo
          non potea pur l'incomparabil, vero,
          caldo amator, Peréo? – Ma, il turbamento
          cotanto è in te;... tale il tremor; sí fera
          la vergogna; e in terribile vicenda,
          ti si scolpiscon sí forte sul volto;
          che indarno il labro negheria...

MIRRA   Vuoi dunque...
          farmi... al tuo aspetto... morir... di vergogna?...
          E tu sei padre?

CINIRO   E avvelenar tu i giorni,
          troncarli vuoi, di un genitor che t'ama
          piú che se stesso, con l'inutil, crudo,
          ostinato silenzio? – Ancor son padre:
          scaccia il timor; qual ch'ella sia tua fiamma,
          (pur ch'io potessi vederti felice!)
          capace io son d'ogni inaudito sforzo
          per te, se la mi sveli. Ho visto, e veggo
          tuttor, (misera figlia!) il generoso
          contrasto orribil, che ti strazia il core
          infra l'amore, e il dover tuo. Giá troppo
          festi, immolando al tuo dover te stessa:
          ma, piú di te possente, Amor nol volle.
          La passíon puossi escusare; ha forza

piú assai di noi; ma il non svelarla al padre,
che tel comanda, e ten scongiura, indegna
d'ogni scusa ti rende.

MIRRA
                              – O Morte, Morte,
cui tanto invoco, al mio dolor tu sorda
sempre sarai?...

CINIRO
                              Deh! figlia, acqueta alquanto,
l'animo acqueta: se non vuoi sdegnato
contra te piú vedermi, io giá nol sono
piú quasi omai; purché tu a me favelli.
Parlami deh! come a fratello. Anch'io
conobbi amor per prova: il nome.

MIRRA
                                        Oh cielo!...
Amo, sí; poiché a dirtelo mi sforzi;
io disperatamente amo, ed indarno.
Ma, qual ne sia l'oggetto, né tu mai,
né persona il saprá: lo ignora ei stesso...
ed a me quasi io 'l niego.

CINIRO
                              Ed io saperlo
e deggio, e voglio. Né a te stessa cruda
esser tu puoi, che a un tempo assai nol sii
piú ai genitori che ti adoran sola.
Deh! parla; deh! – Giá, di crucciato padre,
vedi ch'io torno e supplice e piangente:
morir non puoi, senza pur trarci in tomba. –
Qual ch'ei sia colui ch'ami, io 'l vo' far tuo.
Stolto orgoglio di re strappar non puote
il vero amor di padre dal mio petto.
Il tuo amor, la tua destra, il regno mio,
cangiar ben ponno ogni persona umíle
in alta e grande: e, ancor che umíl, son certo,
che indegno al tutto esser non può l'uom ch'ami.
Te ne scongiuro, parla: io ti vo' salva,
ad ogni costo mio.

MIRRA
                              Salva?... Che pensi?...
Questo stesso tuo dir mia morte affretta...
Lascia, deh! lascia, per pietá, ch'io tosto
da te... per sempre... il piè... ritragga...

CINIRO
                                        O figlia
unica amata; oh! che di' tu? Deh! vieni
fra le paterne braccia. – Oh cielo! in atto
di forsennata or mi respingi? Il padre
dunque abborrisci? e di sí vile fiamma
ardi, che temi...

MIRRA
                              Ah! non è vile;... è iniqua
la mia fiamma; né mai...

CINIRO
                              Che parli? iniqua,
ove primiero il genitor tuo stesso
non la condanna, ella non fia: la svela.

MIRRA	Raccapricciar d'orror vedresti il padre,
	se la sapesse... Ciniro...
CINIRO	Che ascolto!
MIRRA	Che dico?... ahi lassa!... non so quel ch'io dica...
	Non provo amor... Non creder, no... Deh! lascia,
	te ne scongiuro per l'ultima volta,
	lasciami il piè ritrarre.
CINIRO	Ingrata: omai
	col disperarmi co' tuoi modi, e farti
	del mio dolore gioco, omai per sempre
	perduto hai tu l'amor del padre.
MIRRA	Oh dura,
	fera orribil minaccia!... Or, nel mio estremo
	sospir, che giá si appressa,... alle tante altre
	furie mie l'odio crudo aggiungerassi
	del genitor?... Da te morire io lungi?...
	Oh madre mia felice!... almen concesso
	a lei sará... di morire... al tuo fianco...
CINIRO	Che vuoi tu dirmi?... Oh! qual terribil lampo,
	da questi accenti!... Empia, tu forse?...
[2]MIRRA	Oh cielo!
	che dissi io mai?... Me misera!... Ove sono?
	Ove mi ascondo?... Ove morir? – Ma il brando
	tuo mi varrá...[0]
CINIRO	Figlia... Oh! che festi? il ferro...
MIRRA	Ecco,... or... tel rendo... Almen la destra io ratta
	ebbi al par che la lingua.
CINIRO	... Io... di spavento,...
	e d'orror pieno, e d'ira,... e di pietade,
	immobil resto.
MIRRA	Oh Ciniro!... Mi vedi...
	presso al morire... Io vendicarti... seppi,...
	e punir me... Tu stesso, a viva forza,
	l'orrido arcano... dal cor... mi strappasti...
	ma, poiché sol colla mia vita... egli esce...
	dal labro mio,... men rea... mi moro...
CINIRO	Oh giorno!
	Oh delitto!... Oh dolore! – A chi il mio pianto?...
MIRRA	Deh! piú non pianger;... ch'io nol merto... Ah! sfuggi
	mia vista infame;... e a Cecri... ognor... nascondi...
CINIRO	Padre infelice!... E ad ingojarmi il suolo
	non si spalanca?... Alla morente iniqua
	donna appressarmi io non ardisco;... eppure,
	abbandonar la svenata mia figlia
	non posso...

SCENA TERZA

---

2 [0] Rapidissimamente avventatasi al brando del padre, se ne trafigge.

Cecri, Euricléa, Ciniro, Mirra.

CECRI   Al suon d'un mortal pianto...
³CINIRO   Oh cielo!⁰
                 Non t'inoltrar...
CECRI   Presso alla figlia...
MIRRA   Oh voce!
EURICLÉA   Ahi vista! nel suo sangue a terra giace
                 Mirra?...
CECRI   La figlia?...
CINIRO   Arretrati...
CECRI   Svenata!...
                 Come? da chi?... Vederla vo'...
CINIRO   Ti arretra...
                 Inorridisci... Vieni... Ella... trafitta,
                 di propria man, s'è col mio brando...
CECRI   E lasci
                 cosí tua figlia?... Ah! la vogl'io...
CINIRO   Piú figlia
                 non c'è costei. D'infame orrendo amore
                 ardeva ella per... Ciniro...
CECRI   Che ascolto? –
                 Oh delitto!...
CINIRO   Deh! vieni: andiam, ten priego,
                 a morir d'onta e di dolore altrove.
CECRI   Empia... – Oh mia figlia!...
CINIRO   Ah! vieni...
⁴CECRI   Ahi sventurata!...
                 Né piú abbracciarla io mai?...⁰

SCENA QUARTA

Mirra, Euricléa.

MIRRA   Quand'io... tel... chiesi,...
                 darmi... allora,... Euricléa, dovevi il ferro...
                 io moriva... innocente;... empia... ora... muojo..

---

3 ⁰ Corre incontro a Cecri, e impedendole d'inoltrarsi, le toglie la vista di Mirra morente.
4 ⁰ Viene strascinata fuori da Ciniro.

41